天国と、とてつもない暇

最果タヒ

もくじ

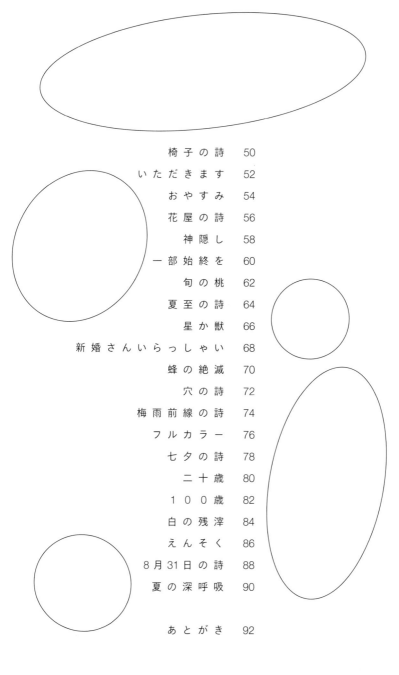

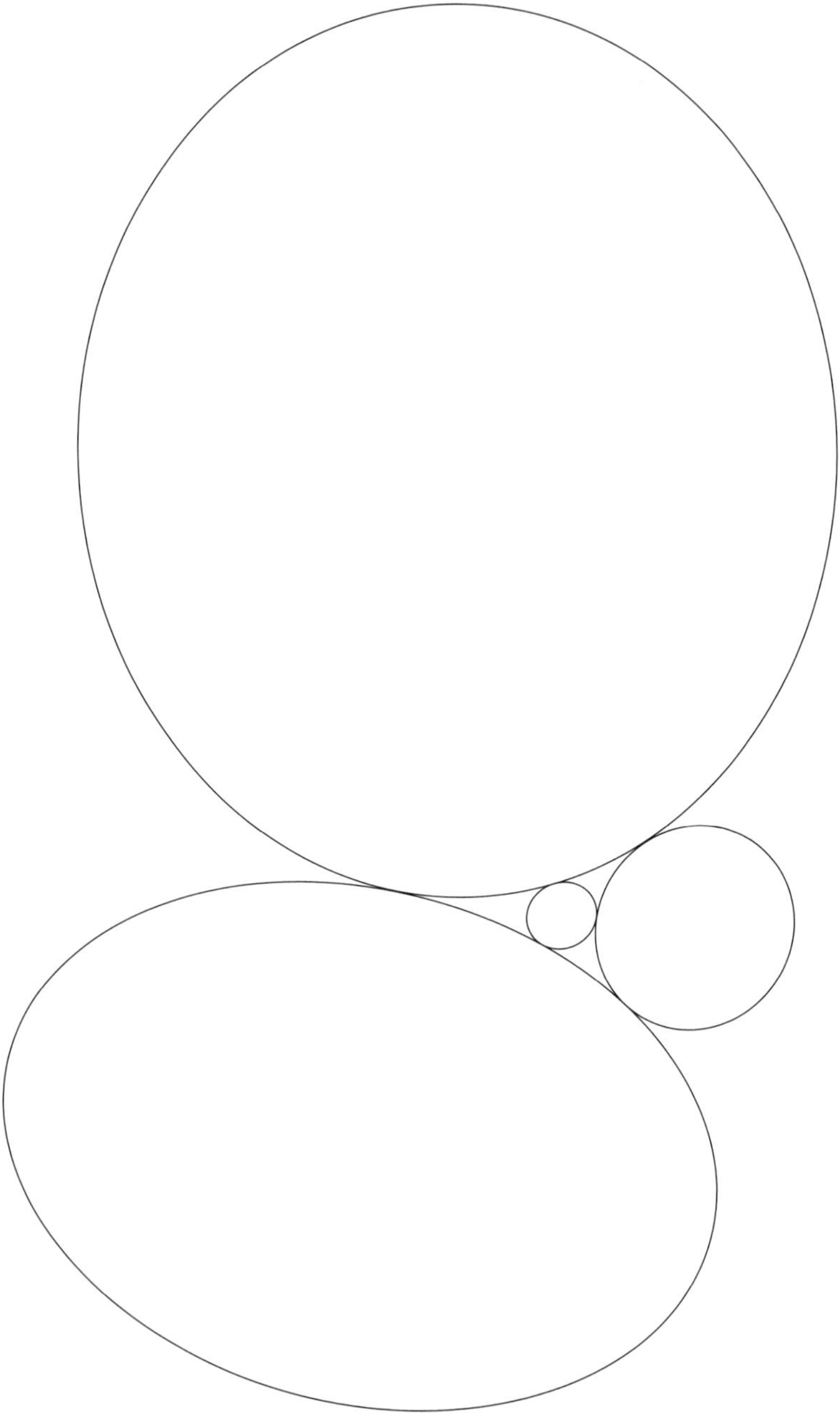

天国と、とてつもない暇

大人になる、

季節にとらわれていく、

果物のみずみずしさにおぼれて、

光に潰されるように消えていく影、

コップを買うのが好きだ、ひとりきりなのに、

こころはいくつものコップを必要として、

ガラス製だから、必ず割れるから、だから大丈夫と買い足す、

穴埋め問題のようなものだったかもしれない、人生は、

詩の斜面

夏の化粧水のようなひかりがおちてきて、一つずつが満たされていく中、
来年まで私がもちこす空白はちゃんとあるのだろうか、
ないなら、だれかを、思い出を、忘れなければ、
つぎの夏を待つことから、よろこびたちが立ち去ってしまう。
わたしのことを、だから、あなたも、どうか忘れて。
わたしたちの小指は、かかとは、
記憶の中で薄まっていくことこそ、すずしい、と思っていた。
北東の山から、風がふくよ。

自分にご褒美

愛しても愛しても終わらないこの世界のどこがすばらしいのだろう、
生きていることを忘れるためにあまいものをたべている、
私というものを忘れるためにうつくしいものを見つめてみる、
冬は全てが乾燥をして、全てが灰のように散る、
白い雪はだからなじむし、
淡い桜はとくべつにみえるんだね、
必ず、終わっていく、
季節の移り変わりのために、コンクリートも、ベンチも、車も、
粉のようになってふきとんでいく。
すべてのひとも、ものも、
私から忘れ去られるその権利があるから羨ましい、
ここで、取り残されて、
白紙のなか、ゆっくりと淡い色の花が咲くのをみるのはとてもきもちよくて、
私は生まれ直したつもりで、また誰かを好きになるのだろう。

私には本当は私しかいないということを、
季節の境目でだけ、思い出します。
生きていれば幸福より優しさがほしくなる、
この指で与えられるものがひとつずつ、ふえていく、
散りゆく世界、積もる白、私の人生、私の、
私への、果てのない、果てのない優しさ。

冬の濃霧

きみは、いつも残像だった。
光が、満ちているってことだ、
透明に思える視線が本当は曇っているということだ、
もくもくと愛がただよう、なにも見えなくなり、
なにも見えないということすら見えなくなる、
破裂音、ひとが宇宙の果てに飛ばされると破裂すると知って、
ビッグバンと呟いた、教室の隅、
私たちひとりひとりに果てしのない宇宙が詰め込まれているとしたら、
私たちの姿がただの扉で、窓だとしたら、
好きは、優しさでしかない、挨拶でしかない、定型文、
やめるときもすこやかなるときも、ほどほどに増えていく好き好き好き。
きみはかくじつに誰かに愛されるし、かくじつに一人ではないし、
それでも孤独があるという花畑なんだ、ここは。
燃やそう、だから一緒にすべてを燃やそう、次の太陽にみんなでなろう。

星

私たちは蒸発をし続けていた、
肌の上から煙が昇り、それらはある朝、空までたどり着いて、
星になる、
私たちの見えないもの、
見るにはおおきすぎたりちいさすぎたりするものは、
すべてが真実で、だからこれからもこのまま、なにも見えないのだ。
だから、宇宙はまっくろ、あなたの瞳もまっくろ、
手をつなげば、手と手のあいだはまっくろに染まる。
「今」とあなたがいう時、
その「今」を私は、捕まえることができない。
生きていますね、隣にいますね、
それでも、すべてが重なることなく、
永遠に並んだ状態でつづいていくことを、
受け入れることができますか？

愛していると言われる、愛していると言う、そのとき、
必要な覚悟は、たった一人で生き続けるという覚悟だった。
私たちは並んで、立っていた、
遠のいていく夕日、
さっきまでそのすべてを、
握りしめていた気がする。

星の、ひかりを讃えることは、もう、やめにしませんか?

森の詩

森はたぶん、何かの結晶。
私のやわらかいところが、すべてヒリヒリする時間。
よる、という名前。
何かが近くで生きている、伸びている、呼吸している、ということが、
喉を切り裂かれたようにすがすがしかった。
暗闇の森で、本当に自分が動物だったのか、
あいまいになる、プラスチックになる。
森は、私の髪に似ている、私の頭皮にもさまよう誰かがいて、
生きているのか不安がっているかもしれない。
(生きてないよ。)
愛が、すべてを救えるなら、私の生きる場所は地獄ですね。
知らない人が知らない人と、キスばかりしている。

生存戦略！

拒め。肉体より社会より宇宙より糸より毛皮より帽子より食べたものより果てにあるのが、私よりも前からある私だけの愛情。それに手を伸ばすためだけに生まれてきた、ひとつひとつを脱ぎ捨てて、針よりも細く、弱くなりながら届こうとしている、私たちが苦しいのは、不幸なのは、痛みがあるのは、病とともにあるのは当たり前のこと。私たちは届こうとしていた。どこまでも細く弱くなりながら、果てへ、約束をしたこの小指で、届こうとしていた。

名前も性別も血縁も、関係がないと言いながら、それでもそれらを剝ぎ取ったとき、残るのが私そのものであるという保証はない。それすらもいいんだときみは最後の一滴を手放すことができるのか。拒め、生きろ、きみのすべてがちぎれ、落とされた先にあるのはこの星を超えた運命かもしれない。そこへ、愛した人を連れていけ。

バスのなか、長方形の光につつまれて、
わたし、冷凍庫にねむる氷みたいだった。
どうして、うつくしいものは、いつも近づきすぎると生々しく、
わたしを呪うようにうごめくのか。

この季節の空気は、
透明のエイやイルカがすぐそばを泳いでいるような、
そんななまぬるさ、やわらかさ。

16度の詩

生き物なのかわからないのに、

それ以外に、どう呼べばいいのかもわからない。

みんな、かわいそうで、みんな、残酷。ですね。

あなたを溶かすことなどできないのに、

あなたは私に近づいて、

けずれて、痛みに泣いている。

クリスマスの詩

白く染まる冬の時間は、すこしだけ赤らんだ頬すら、
星のように眩しくて、ヒイラギの実のあいだをすりぬける。
優しくなりたいも、強くなりたいも、
弱くなりたいも、嘘つきでありたいも、
このまっしろな今年に預けて、
来年へ、とびこんでもいいのかもしれない。
愛していると言うことを、お休みして、おめでとうと言いたい。
クリスマスが私の体に、一つの区切りをつけて、やっと、
よく眠ればいいよと教えてくれる。
あなただけが好きだった、それは、孤独の形をしていた。
なにもかもを好きだった頃を思い出す、12 月。25 日。

妄想に取り憑かれ、孤独を嘆き続けるテキストサイトの管理人は、自分のサイトのビュー数が20万であることを知らないまま、更新を続けている。メールアドレスは公開されているはずなのに、そこから「あなたを大切に思っています」と送る人間はひとりもいない。愛を伝える以外に、あなたは孤独ではないと教えるすべを私たちは持たなかった。それなら、雑草が生えたままの校庭の隅のように、私たちは孤独が風に揺れるところを黙って眺めることにしよう。愛は、愛する人のためにとっておきたい。その判断を非難する人間は、私たちへの「愛」が足りない。

墓場では友達になんてならなくても、名乗らなくても、花を供えることができるらしい。それで奇妙な返信もこない。末長くよろしくなんて言われやしない。そのことがうれしくて、喜び勇んで、孤独を叫んだ文豪の墓参りに出かける。土日、近くにある有名な甘味処の場所も念のため確かめて。もし、この人が同級生だったら、「大丈夫だよ」なんて声はかけない、会いには行かない。実際、声をかけた女性が、彼の自殺に巻き込まれ死んだらしい。

きみは、孤独なんかじゃないよ、そう言えた時、私はすこしだけ気持ちがいい。誰にも、言えないけれど、どうでもいいひとの孤独を慰める時、私はすこしの快楽を、感じている。もっと簡単に、名乗らずに、花を一輪供えるぐらいの感覚で、声をかけられたらと夢を見ていた。生まれたその時から、誰もが、墓石を持てばいいのかもしれない。どこからも訪ねられる墓石を、持つことができれば、いいのかもしれない。そうすれば私の孤独はもっと色濃くなるだろう、黙ることの孤独が、正しく、鮮やかにこの世界に取り戻されるだろう。きみと、友達になんてなりたくない、孤独を声高に叫ぶ人が、私は、どんな人間より嫌いなんだよ。きみは、孤独なんかじゃないよ、私よりずっと、孤独じゃないよ、そう、名乗らずに伝えたいんだ。

＃もしもＳＮＳがなかったら

13歳

完成した精神は完成した料理とおなじだ。腐るよりさきに食べてもらうことばかりを願う。生野菜を使ったサンドイッチが、キッチンから、ぼくを見ていた。さようなら、と言って、今こそ家出をしたかった。

すばらしい人。きみを愛するぐらいでしか、ぼくはきみに勝てそうにない。死ぬことも生きることも意味がなくなったあと、ぼくは地平線が指先によってぼかされていくのを黙って、見つめていた。世界がまだここにあると信じているのがきみだけだとしたら、ぼくは重力がまだあるふりをして、ケチャップをさかさまに立てるだろう。けれど、世界がしぬことなど決してないから、ぼくはきみを置いていくよ。

花の絵を見るたび、すでにすべては枯れているのだと、思い返す、
散る花、枯れる花、土に還る花、私の前を通りすぎた排気ガスの匂いが、
ずっとむかしは花びらの細胞だったかもしれないと、思うと、
煙突も鉄骨も空もアンテナもすべてが花として散る星のように思えた、
わたしの、心がだれかに、
一本の釘で、標本にされていることを、
走るたび、歩くたび、思い出す、
わたしが、植物だったなら、抵抗もせずにそのままひきちぎられながらも、
肉体とともに、走ることができたでしょう。
ひとを、傷つけてはいけない、
きみは永遠に、そのひとの心を、背中に刺し留めて、
ながれていく血や涙に汚れて、生きていくのか、
わたしには、わたしの背中にいくつの心が、
貼り付いているのかわからない。
引き裂かれるわたしの、心ばかり、響いている、糸、弦楽器、わたしの巣。

蜘蛛の詩

ハサミの詩

ハサミで切り落とした部分のビルが、
ゆっくりと空を滑りながら海へと落ちていく、
それを、遠くのひとは夕日だと言った。

昔から、人は人を殺しました。
殺人事件のニュースをみていた、
今日は大量殺人のニュースが流れた、
音楽が、世界を救う気がした、
そんな気がしたまま沈んでいく船の中にいる。
なかよしになりたかったね、
誰かが誰かを殺すのは、
しかたがないけれど私はみんなとなかよしになりたかったね。
東から夜がにじんで、すべてに取り消し線をつけていく。
からだ。
何も知らないから、何もできないまま、眠ることができるんです。

クリーニング

終わりが来ないことに慌てている、もがいている、溺れている、ここに水があったっけ？　もがいている、出られない場所にいる気がして、足がつかない気がして、流れていく気がして、自分というものが溶けて消えてもこの意識だけは残る気がしている、どこまでも大きな洗濯機の中にいるだけならいいのに、私はひとつの汚れとして、流されそうになりながら太陽の周りを回っている、ジェット乾燥が、やってくるのだ、いつかは、そう信じられたらよかった、けれど永遠に回り続けるのかもしれない、そのほうが美しいだろうとも思っている私の心臓、胃腸、膵臓。限界のある身体を、持っているから、くるしみぐらい、永遠でも、いいんじゃないか。獣の本能。傷つくことを、こわがらないで、無駄だから。

グッドナイト

宇宙に染まったみたいに、星が街に増えて、
足元にばかり逃げてきた冬が固まっている。
ブーツを履いて、寒さから逃げ惑うなか、
私は誰かにとって、
だきしめるとてもあたたかい存在なのだと、思い出していた。
部屋をあたためて、マフラーを巻いて、コートを着て、
冬の中にある、ちいさな森のようにあるくとき、
私はいくつもの木の実や、
冬眠するいきものたちを守っているような心地がして、
だから、まだ、夢を見たっていいような、
愛するということにすべてをかけてもいいような、気がしている。
サンタクロースを信じますか。
雪の結晶を信じますか。
虹の7色を信じますか。

バターと塩とキャラメルがおいしいこと、信じますか。
誰かが泣きながら飛び込むための、ベッドなのかもしれない、
誰かが渦巻く不安をほどくための、湯船なのかもしれない、
あたたかいわたし。わたしの体は。
愛しているという言葉がそれほど、必要だったかわかりません。
今日も私は冬を蹴散らし、生き抜くことができている。

いい暮らし

美しくなるよりもずっと前。
優しくなるよりもずっと前。
私はあなたを好きでした、
岩肌に刻まれていた頃、
命というなまえの循環にまだ参加していなかった頃、
あじさいの葉の上に雨粒が連続して落ちて、
どうして、湖のままで水は落ちてこないのだろうと思った。
（大地を、空は楽器だと考えているからです）

貧しい、乾いている、部屋の奥にあるカビの子供たち、すべて隠すように服を着て外に出るとき、私ははやく空から湖が落ちてこないかと願っている。私の肌にすみついた、菌や花粉といった生命と生命の縁を、洗い流してしまいたい。毎日同じことを繰り返していると、急に、裸で泳ぎたくなるよね、それはきみに住み着いた細菌や幽霊が、退屈をするから。自分がいちばん鈍感だ、不健全と欺瞞と退屈。私はきみが好きよと、好きな人がいなくても口にするとドキドキするね。生まれる前がちょうどよかった、わたしもあなたも今は余韻。八十年が続いていく、一度も、下がらない体温、終わらない循環。ひたすら泡立ちつづける、感情と感傷、叙情詩を書きつづける私の瞳。

冬は終わりました、あしたが、やってくるけれどもうそれは無記名です。
さくさくと雪のふりをしてきみの故郷が細切れに降ってくる。
幼少期の思い出は体の奥にある。そこに、火をつけてごらん。
あの記憶はランプだったこと、
今、ここで思い出して。
必ず終わる季節しかないと、信じて、次第に狭まっていくトンネルを進む。
すべてがゼロになるかもしれず、

ゴールまで行けば私すら消えてしまうのだと思うと、
やっと本物の冬に会えた気がした。
私の体に蓄積されたもういない人たちの声が重なって、
氷すら割れる騒音になっている。
世界は生きていて、私たちは途絶えた建物や、公園、鉄道の遺言だった。
愛してもいなかったなにかを思い出すとき、私はいちばん、人間らしい。

波音の詩

恋、ひかる、愛、ひかる、天然の星のように、光る、
灯台になるのはいつも、にせものの星、その方がよくみえるから。
私、ひかる、誰かの道しるべのため、
それでも、だれも、ここまでは来られないでしょう、
私、ひかる、ちいさなノートに日記をつけるため。
私をみつけて。私の、知らないところで、
あたらしい花や、あたらしいきのみを、みつけて、
そして力尽き、私の知らない暗闇で、溶けることもなく生きてゆく、
そんな、きみが、見たい、ほんとうは、見たい。
きみの言葉を、ききたくもない。

火の海

いいかげんにしろよと言いたくなる日はいつだって、帽子のつばから太陽がこぼれて私の瞳を燃やしていた。清潔だろうが汚染してようが、水が高所から落ちる様は美しくて、生きていく勇気を手にいれる。

（人体の9割は水分でできている。）

私の体のすみからすみまで、私のものであるという保証が別になくても良かったのにな。爪が勝手に伸びていくこと、髪が言うことを聞かない朝、私のことをだれにも渡さないと意地になった時間を飛び越えて、直射日光は容赦なく肌を焼く。生きることは負けていくこと。恋することは負けていくこと。しあわせに憧れて、負けを認めて消えていくのは私、だけじゃない。

街が燃えていた。
星は遠くで燃え尽きて、人の体はすべて、火の中でただゆらゆらと揺れていた。大好きな喫茶店も本当は火の海。孤独という言葉がここまで似合わない景色もない。私はちぎれていくこと、燃えていくこと、死んでいくことを受け入れるしかない空の下に、います。

あなたも。

あなたより、わたしより、先にしんでいったものたちの魂が、幽霊という言葉で侮辱されていくけれど、頭上に流れていく低い雲と高い雲をながめていれば、めずらしいのはひたすらわたしたちのほうだと、気づくことができる。低い雲はこれから生まれる。高い雲はずっと昔に生きていた。あなたよりわたしより、先に死んでいったものたちのことを思えば、約束はすべて四捨五入で切り捨てられ、すべての生物と、手を繫いで立ち尽くすことができた。それは、私たちに対する侮辱だよねときみは言った。生きることをこまやかに見つめて、櫛を通すように、愛や夢や皮肉を見つけていた。言葉、言葉があるからわたしは、いま、生きる人だけを見つめます。言葉、言葉があるからわたしは、死んだ人から死を、切り離せない。地平線は境界線。あなたと、わたしだけが暮らせる一瞬の、黒。

雲の詩

かるたの詩

みんなのことがあんまり好きじゃない、
ということがばれないようにしたくて、
丁寧に、親切に接している。
貝でむかしは、かるたをしていたんだって。
そう聞いてから、何をしても海のにおいがした。
海産物は美味しくて、私たちも元は海から生まれて、
海で遊んだことのある体を持っている。
ゆらめく、波があって当然なのに、
どうして私は確かなことだけを言わなくてはいけないのか。
約束をしません。なかよくしません。
私は、きみに見られないように、ふるまうことが好きだ。
愛し合うっていうのは、なんだか神経衰弱みたいだね。

やさしさが勘違いをさせる、愛されていると誤解して、
余計な日時を生きてしまう、余分な冬を越してしまう、
そうして夏を反射する、一等星のような海の水面に、わたし、会うのね。
いやだな、いやだなあ、どうしたって光はきれいだ。

重力の詩

重力は美しいから、横になるだけで、私の瞳がまとった涙はゆっくりと下へ流れはじめて、眠りの中に落ちながら、空や、空のふりをした天井やアスファルトが、そっと開いては閉じて、私を地球のあたたかいところまで連れていってくれるのを感じていた。クロワッサンを買うためだけに散歩をして、きらいな匂いのする街角をみつけて家に帰るぐらいには、私も傲慢でした。友達がいないことも、さみしいことも、砂糖と同じ成分だから、ゆっくりと溶けて消えていく。まずしさは、こころのまずしさは、誰かを傷つけた回数ではなくて、きみがきみを諦めた回数で決まる。左手があつくなってそのうち、私は、朝のひかりに気づく。

声

痛みの記憶は痛みのままで残り続けるのに、身体はいつまでもちいさく、
たったひとつのままだ、
枝分かれしていくこともなくて、傷ついた場所はずっとそこにあり続けた。
木の実ができるように、身体から何かがこぼれては、
坂道を勝手にくだっていった。
追いかけていくこともできないまま私は、現在に取り残されて、
おじいちゃんが、春が、リコーダーが、理科の教科書が、先生が、
過去に流されていくのを見ていた。
記憶になるその前に、いつも、きみたちは私がこぼした、
そのなにかに小指で触れて、私はそれだけで、すべてを、
生きてきたすべての時間を、
懐かしいと思えた。

軋むようだ、

骨が軋んだ、その時の音のように、
小さく、みじかく、私にやってくる、感情。
名前をつけて、いつまでも飾ることは、できない、
腐っていくから。
それでも、その瞬間の、小さな音、
それが、私の声をつくる、
身体から旅立つ、声を。
おやすみ。
私は、あなたが懐かしい。

雷の形、いくつもの、いらだちが、私の内側に突き刺さっている、
人の視線は、波の形、
いくつもの白い泡だった波が、私の雷までおしよせて、
倒していく、
私が傷ついていくのはあなたのせいなのかわたしのせいなのか、
やさしくするのはあなたのためなのかわたしのためなのか、
息を吐くたび、空き缶を潰すように世界が私に押し寄せて、
地平線、ひびわれた、
隙間が遠くに見える。

その向こうにきっと、私の故郷があるはずだ、と、
駆け抜けて、飛び込んで、
オーケストラの真ん中に、たどり着いていた、
私、天井を見あげた。
私がいなくても、音楽がつづいていく、
奏でられていく、ここちよいばしょ、
一つの酸素の分子になって振動するためだけにうまれたのだと、
ここで、気づいた。

いただきます

はる、はる、はる、春が来ない、はるちゃんという友達がいたせいで、春という季節がガラス細工より脆いものに見える、子供の頃の細い腕は、光と光のあいだを、何も遮断せずに、通っていくことができた、私はいつだって何かに食い尽くされるような予感がして、生い茂るツワブキを背に、家に帰るあいだ、もう帰れないかもしれない、ごめんなさい、とママに謝った、ゆうがたになると、神様がわたしをつまんだように、影が東へのびていき、さようなら、とすべての友達と、すべての家族に伝えていた、わたしの体がここでおしまいでも、わたしはまだ生まれてくる気がする、たとえそれが何千年も後の、アマガエルとして、だったとしても、わたしはあなたたちがお葬式で流した涙が地球を、何周もして雨粒に生まれ変わったのを見逃さない、必ずそれら全てを浴びてから、この人生を終えます、目隠しをするようにカレーの匂いがして、私は自分の一部分がガーゼのように剝がれて、飛んでいったのをかんじた、死ぬのは、まだみたいです、今日もごはんの前、いただきますをしています。

おやすみ

知らない人が知らない人を愛するたび、
私の中からも愛が減っていく気がしていた。
世界中が私を愛さない限り、ぜんいんを許さない。
ぜんいんを嫌いになる。
さみしさはそんなかたちをしているのに、
私は何よりも美しい風景にそのきもちを喩えている。

体温で沸騰して、
目からは落ちないまま終わった私の涙が、太陽の残り香みたいに
全身に回っていく。曇り空が瞳の奥に広がるあいだ、
私の嗅覚と味覚が心臓のこと、肺のことを確かめようと
必死になっていた。
胃の底で雨が降って、沈んでいく食べ物だったもの、生き物だったものが、
こんなつもりで生まれたんじゃないとつぶやく。

ねえ。「甘い」と「眠い」は感覚として、よく似てるね。
好きという言葉で、人間の理性は眠っていくよ。

（肌があるのはきみがこれ以上私に近づかないためだ。）
瞳も、胃も心臓も本当は私ではなくて、それよりもずっと奥、
私の背後に見えているあの白い滝だけが本当の私。
どうか、きみが消えても、すてきな世界でありますように。
愛するたび、きみがいなくてもよかったんだと口走るよ。
ひとは、誰かの救いになる必要なんてない。

花屋の詩

花を買う人なんて暮らしていない町でも、花屋さんはたくさんあって、
大量の花束がどこか遠くの建物に配達されている。
私たちが花を見る機会はその花屋の店頭で、
まだだれのものでもない花を純粋だと言ってもてはやしていた。
どうやっても満たされない部分を忘れてきたおかげで
きみは幸せを手に入れたのに、
どうしてそんなにも他人に厳しくできるんですか。
曇っていく窓からの景色を、
部屋を明るくすることで、更に沈めて夜を探した。
中途半端な人生は近似されてなかったことになる歴史のなかで、
私たちは何がしたかったのかな。
褒められたいから傷つきますか。
死んだ人と重傷者の数ばかり数える、軽傷者の部屋。

神隠し

春が来た後は、かならず、神隠しが起きて、
ともだちが誰か別の人間に変わる、
春が去る頃、彼女は誰かと恋をする、
まつげが絡まって、まるでピンクリボンマーク。
愛の吸い殻が、公園にはたくさん落ちている、
それを鳩がつついて、すこしずつ、人に近づく。夢を、
見ているのかもしれないと、昼間はいつも思ってしまう、
そんな状態で車道の横を歩くのは危ないよ。

大好きな人ばかりだったら優しくなれたはず、
という、図々しい怒りが社会に満ちていて、
だから空から降るのだ、愛だったもの、
タバコの吸い殻に形を変えて。
かかとを踏んで履いた靴は、

持ち主を憎悪している、と知っている、
それで、駆け抜ける時間、命知らず、
町の中に暮らすということは、命知らず、
春のなかで私だったものが、ニャアと鳴いて、
ブロック塀の向こうに行った、
知らぬ誰かが私の名前を呼んで、探している、桜吹雪。

一部始終を

手のひらにあるぬくもりよりも、
正しいものって、こんなに、あるんだね。

かんたんに破れそうな羽をした蝶ばかりが、人知れず不死身になり、
だれかの日記の1ページとなる、ぼくはそれを知っていて、
生きることの儚さをきみに訴えることはやめた、
猛スピードで走る列車に乗ろう、それがなによりも正しいことだから。
飛んでいくマフラーにはイニシャルが縫い付けてある、
だから千年後、同じイニシャルの子供が使ってくれるはずだよ。

眠りのあとに、目覚めがくることだけが我慢できない、
生きることも死ぬことも平気なのに、ぼくは、
まぶたが蝶のように飛んでいく気がして、もう生きたくないんだと口走った
空が見ている鳥が見ている、すべての生物がぼくの瞳を覗き込んで、

このいのちの奥ではじまる、夕焼けの、一部始終を、観測している。

旬の桃

生きることとスポンジが水を吸っていくことは似ている、
いつか何が横切っても何も思わなくなる、
朝、カーテンをあける習慣、
まだ、光が見えるから、
私の肺がまるで停止していたみたいに、
淀んだ酸素を吐き出した。
窓のむこうに散歩する親子が見える、
誰にでも、朝はくる、
けれど、屋根と天井から染み出して、頬におちるには、
ここは時間がかかりすぎる。

鉢植にかけられる水の、一粒かもしれないと、
きみは、自分のことを、思ったことがあるんだろうか?
どこからきてどこまで行くのかわからないのに、

それを、命と呼ぶのはどうして。

スカートだけが海と同期をして、
私の体は置き去りのまま宇宙を回転している。
夏が刺さったまま、果物は、秋まで行くつもりです。
きみは、愛してくれたすべてのひとの視線を、
素肌に刺してどこに行くつもり？

フォークで、桃のなかを横断する。
光のせいだ、全てが何かの始まりみたいに、輝いている。
汚れた食器も洋服も、種無しの桃も。
死んだように眠っていた、私の体も。

夏至の詩

細胞が膨らんで、呼吸をしている、
噴水の隣で、立ち尽くしている私の影はかさなり、かさなり、
ときどき枝分かれをして、水のなかに飛び込んだ、
消えそうになるからいいな、
冷たさは、わたしが一瞬消えて、世界も一瞬消えて、
夏だけが残るからいいな、
犬の鳴き声がして、またわたしは噴水の隣で立ち尽くしている。

無人の部屋で、扇風機をつけっぱなしにしてきてしまった。
わたしがまた分裂して、増えてしまう。
もらえる愛も、減ってしまう。
いつかちゃんとゼロになってくれるかな。

片付けをしないまま死んでいく人がいるから幽霊が増える、
愛しくおもえたとき、愛しさを切り捨てたいと願ってしまう、
バラは花を切ると、きれいに次も咲くそうです。
いいな。冷たさは、わたしに通るハサミだろう。

星か獣

ぼくの感情は、波のようにいっしゅんだけ、ぼくのものになる、
足首をからめとって、そのご、海のもとへかえっていく、
あの海が本当はなんなのか、もしかしたら神様、もしかしたらあの世の、
ものなのか、ぼくの感情はたった一度、ぼくにふれて、
ぼくはその感触をいつまでも忘れられない。
脳、点在する記憶を結んで、ぼくは結晶を作っていく、
それがまったく生々しさのない、過去のものであるとしても、
それを携えて、体を重く、歩みを遅く、していくべきだった、
ぼくはいつまでもあの海にとりこまれないまま、立ち尽くしている、
そこには朝がきて夜がきて、寒さがきて暑さがきて、風があり雨があるから。
ぼくはいつか石となるだろう、ぼくはいつか死んでしまうだろう、
それが本当は怖くもない、
幾つもの波がそれでも、ぼくの足で、泡立つのだから。

新婚さんいらっしゃい

スロー、テンポ、息がどこにあるのか、わからないまま、膨らんでいく私の肺、ときどき、どきどき、咲く花、つぼみが膨らむその瞬間を、肺にみいだす、弾けて消えるわたしというもの、それから、一輪の花。

花屋さんに行きました、ほしい花はなかったけれど、どれにしようか迷いました、いつも買わなくてはいけない気がして、花を買っている、枯れるまでが植物で、枯れずに腐ることもある、嫁においでと言うみたいだ、花屋にいると私は硬貨をかぞえながら、嫁に嫁に嫁においでと囁いている、枯れるまでが植物で、枯れずに腐ることもある。

きれいだから、選んだんだよ、きれいという価値観は、私というより世界が決めたもの、と責任転嫁して、ほんとうは、私が決めたものなのだ、他の誰も本当のきれいなものを知らない、私が息を吐いて、粉砂糖をまいているから、ある程度、きれいをみんな見つけるけれど、ほんとうは誰も知らない。

あなたが私を嘲笑うように、私も、花をめでています。

蜂の絶滅

きみは知らないだろうけれど、この世界は終わっていない。まっしろのシーツをかけたまま、部屋から誰もいなくなった。窓は開いているのにカーテンは閉まっていて、だから、風の輪郭が見える。百人の呼吸を、花束のようにまとめて、やっとできた一つの風が、部屋にたどり着いて消える。死後というもの、最初の生命が死んでしまってから、この星はずっと天国のふりをしていた。

感性が理由も説明せずに閉めていく扉や窓にしたがって、暮らす場所を決めていく。なんのために、ここに来たのかわからないのが当たり前で、去るときも理由はない。誰も責めないから時間をたくさん使って野菜を買いに行きましょう。愚かなことが重なって、次第に眩しくなっていく。受粉だけが蜂の生きる理由だった。生活だけが星にとっては大切だった。きみは知らないだろうけれど、だれも本当は死なないのです。

穴の詩

今日も、意味のあることだけを言ってくれと頼まれて、
なんとなくで誰かを、愛することもできない。
こうやって、私には、世界がよく見えるよう、穴があいていくのだろう。
だれかが私の後ろの、ずっと向こうにある山の、
桜の花びらのシワを見るためだけの、望遠鏡として、
立ち尽くしているのだろう。
きみと会話をするとそれだけで、私は打ち消されていく。
きみも、そうだといい。反陽子と陽子のように、きみと私が触れて、
私たちが消える代わりに宇宙が生まれたなら、いい、
ここはそうしてできたのだと、信じるために恋があるよね。

梅雨前線の詩

朝日はほんとうは根っこの形をしていて、
きみの内臓奥にまで突き刺さりいつか、花を咲かすの。
朝が気持ちいいのはやっぱり、
ちょっと死ぬのは気持ちいいからだろうなあ。
バラがいいかな、蘭がいいかな、
雲の向こうで咲き乱れるその花の色のため、
わたしの感情はどれも吸い上げられて、
傷口も、感情のひとつだと思い込んでいた。
わたしは、名前があるから生きているつもり、
佇んでいればきみと、待ち合わせになるつもり。
肉体を残し、精神すべてが空へと昇る、
だから、雨がうつくしいね、
墜落して割れるわたしの感情が、ついにだれかの頬を濡らすよ。

フルカラー

ぼくにはまだ知らない色彩があるようにおもえ、
目を開くたびに心臓が高鳴り、生きているというその音が、
すべてすぐに消えていくことに花火という名前をつけた。
あなたがぼくを産んだ時、ぼくの皮膚はまだほどけた糸の状態で、
これから一つの大きなシーツがこれで作られるのだと知っていた。
抱きしめられることに抵抗がなかったのは、
ぼくがぼくは孤独だと思ったことがなかったからです。

あのころ、ぼくもまた一人の、ぼくのお母さんだった。
ぼくはぼくを愛していた。ぼくに幸せになってほしかった。
かならず家に帰ってくる、そんな季節と友達になりなさい。
公園に行って、咲いたり枯れたりする植物をただ覚えるだけでいい。
ぼくのこころは今はそのすべてが瞳のようだけれど、
いつか、脂肪のようなかなしみがつつみ、

いつか、ちいさな穴からのぞくようにしか、世界を見ることができなくなる、けれど、そうしたらカメラを買えばいい。

ぼくが家族を作るころ、ぼくは孤独を知っているだろう、
ぼくのお母さんはあなた一人だったと、すっかり信じているだろう。
ぼくは、生まれたころを思い出し、きっとあなたと写真を撮る。
光が捉えることのできるものに、真実などありません。
ぼくは、ぼくの全てを許して生きるよ。
どうか、ずっと、幸せでいて。

七夕の詩

おおきな肉体がすぐ隣で横たわっているような気温。
日差しが、ぼくを切り捨てて、大気が、ぼくの代わりに立ちあがる。
あたたかいものに癒されたいと思っていた自分が、
もう何もかも死んでしまえと言うように、
冷たいものばかりを求めて、歩いて、極悪人のようだ、
夏は愛が似合わない、
織姫と彦星が、生き残りの愛をかき集めて、
すべて川に流してしまった、トイレの水、銀河の渦、
愛より愛を流す水がきれいなんだよなあ、
文学や音楽、だからみんな好きなんだろうなあ、

何もなくなると何かが叶う気がしてしまう、
ぼくは、そうして生まれてきたし、そうして死んでいくのだろうし、
希望という言葉が向こう岸からぼくを呼ぶ。
一年に一度、死ぬのだとしたら、ロマンチックですか？
愛を永遠に誓うのであれば、それぐらい、しなくちゃね？
夏を言い訳にして死ぬことも殺すことも愛すこともできない、
それでも、ぼくを呼ぶ声がする、７月７日、地獄から。

二十歳

正しさはぼくもきみも守らないけれど、きみは正しくいてね、夏休みが来なくなってから波音がうまく想像できない。そのかわり来年も生きている予感ばかりがして、実がなるようになった樹木は、こんな気持ちなのかもしれない。光でこよりが作られていく、神社で手を合わせている人を見ると、こすりあわされ、ほそくなっていく光のことを思う。気管にも、血管にも、細胞と細胞のはざまにも、ながれていける光をください。運ばれていくように、わたしの時間はわたしの背後に流れていく、そこに海があって、そこにはいくらでも細い光が満ちているのだとしても、行けるのは過去ばかりで、わたしはずっとここにいるのだろう、何もない、壁紙に光と昨晩の境界線が弧をえがき、そのうち、本を閉じるように夜がきて、液晶画面が太陽のかわりをするんです。
むなしさもさみしさも、時間は解決しないから、ど
れも生まれつきなんでしょう。愛するということの、
困難さを思い知るのが、年をとるということかなあ、
遠のいた海のみなもが、なつかしいね。

１００歳

としをとるということは、ぼくが終わっていくのではなく、
世界が終わっていくということなのだけど、
きみがいつも出かける西の果てにはなにもなく、
白い海と白い空が混ざりながら光っている。
そこへ向かうきみの体と、そこから帰ってくるきみの体が、
同じなのかはわからない。
ただ、きみはきみの家を知っていて、
鍵を持っていて、冷蔵庫の中身を覚えている、
だから、今晩もここで眠る。

ぼくが町の南を見たとき、
空の左手が、ビルの白壁に定規をあてて、影と光の境界線をひいた。
息を吸いながら、吐きながら、
その線がゆっくりと動くのを見まもると、

ぼくは、植物よりも動物よりもコンクリートが、
この世界にうまれるべくしてうまれた赤ちゃんかもしれないとおもう。
３６５日かけて、３６５回、あの左手はひたいを撫でてくれていた、
という、そのことを知らずに、生きてきていた。
ぼくらにはそれは、少なすぎたのか。

忘れることで、ぼくはぼくの命を軽んじていたことになるのかなあ。
光がふる草原で、横たわればぼくも、光の一部として、
星に降り注ぐことができた。
頬の果て、思い出せないものが古い地層にしまいこまれ、
ぼくの体とともに、宇宙を、回転している。

白の残滓

凍っていくように目が覚めたい。
光が白いのだから、それは冷たくあってほしい、
どこかで自分一人が暖かいのだと、信じていたくなる。
誰もいないところでは音楽など聞きたくないのに、
たくさんの群れの中でヘッドホンをつける、
テレビで見たサバンナの、牛たちの群れにも届けたい、
たくさんの音楽、たくさんの宇多田ヒカル、
いつか私が減ってしまっても、ちゃんと覚えていてほしい。
死ぬということはイメージできないのに、
きみが私を忘れることは容易に想像できる、
だから、私はただ、
私一人が私のことを覚えつづけることだけが怖い。

真夏の部屋にはクーラーがついていて、

まぶしさと寒さがやっと釣り合う、
こんなふうに簡単に、天国を再現してしまって、
あとは行くところが地獄だけになるのではないかなあ、
幸福な人はそう思うそうです。
大丈夫、窓に近づくと蒸し暑く、私はガラスに手をつけて、
向こう側の私と、半分ずつ祈りを捧げている、
やわらかい体、だということを私は知らない、
硬質なつもりでこの時間をつきぬけようとしている、
その先にあるものが、新生児の私、また、やり直しの人生だとしても。

そうして流れ星になるんだ。

えんそく

背中に、大きな木をつけると、
ぴ、と世界の中心がわたしから彼にずれて、
わたしはわたしにとっての、動物園の柵のようにそこに立ち尽くしていた。
こんなふうに生きても、どうしようもなかった、
わたしはわたしを楽しむべきなのに、青い葉っぱに憧れた、
なつかしいにおいのするブランコや、金木犀のちぎれた花が好きだった、
わたしの体だけがわたしのものなのに、
わたしは目と耳と鼻から、世界を覗いている、
水族館に行くことは、深海に沈んだ巨人に生まれ変わったようでおもしろい、
いつか、わたしのことを世界が、
きみではなくて、世界が、覗き込んだらいいとおもっている、
わたしのなかにもきっと桜は咲くのだ、梅はかおるのだ、
海はゆらいで、土ぼこりが舞う、光が拡散しながら、白く濁る大気、
走り抜ける小学生がランドセルを鳴らして、ぴぃーっと笛笛の音、

わたしの、ママが、彼に向かって手を振っている、
子供の姿で、手を振っている。

8月31日の詩

お祭りの提灯は、ずっと昔の夏から、
出張してやってきた赤い光のようで、
その中にいると私の生まれる前の町に来たようで、ほっとします。
すり減っていくと、ここで消えてしまっても、
何も変わらないように思うんだ、と、だれかがいった、
何も変わらないって町のこと？　きみのこと？
両方だ、とその人は言った。それぐらい、ぼくは、
この町に溶け込んでしまったということかもしれない。
思い出は、幽霊そのものだから。

悲しいと思うほど、町の両端が燃えて、
消えていく、遠くに行けない気がするんだ。
ぼくはこんな町を捨てて、知らないところでもう一度、人間になりたい。

夏の深呼吸

宇宙の果ては宇宙の果てだけを見ている。
そこに、立ち尽くしたぼくのことなど誰も見ていない。
アゲハが飛んでいる。そうした景色を見なくなったのは、
背が伸びたせいなのか、引っ越したせいなのか。

ときどき、磨り減っていかない気がして走り出していた。
はやく、全てを失わなければぼくは、
この夏の終わりにすらおきざりにされて、
永遠を手に入れてしまうのではないかな。
はやく、恋がしたかった。愛を知りたかった。
夢を見たかった。約束をしてみたい。
ぼくをちぎって、誰かに捧げる。
そうしてこの世界と一緒に、散る散る散る。
夏は、深呼吸。

ぼくの深呼吸。

あとがき

あなたが、どんなふうに生きているのか知ることはできない。

私も、どんなふうに生きているのか教えたくはない。

ただ頭上に季節が流れていき、雨が降り、まるで繋がっているような予感がする。

ある程度、予想ができるそれぞれの生活と、本当は何一つ知ることのできない肌触り。

私は、何も知らないのではないかと思った。苦しさも悲しさも、本当は何も知らなくて、何も知らないからこそ詩が書けるのかもしれないと。そうした行為を傲慢と、言ってしまえばとても楽で、一人で、世界から自分を切り離して、綺麗なままで生きていける。それでも、なにかが、細胞全てに流れる血液のように、あなたと私にもわずかに流れていくように感じていた。雲の流れ、だろうか、季節だとか時間だとか、それに言葉も流れている。私たちはどうして、共通のものを知っているのかな、たとえそれが重要な事柄でなかったとしても、それらが、互いを「人間だ」と認め合うトリガーとして、蠢いている。


愛情というものが理解によって生じるのではなく、それよりも誤解、さらにいえば当人にとって想定外な誤解によって生じている。あなたはこういう人だから、ぼくは好きです。どれほど好きな理由を説明しても、好かれたその人には理解できないのかもしれない。私は優しくないし、私は綺麗ではないし、私は幸せに生きてもいない。それでも、あなたは優しくて綺麗で幸せそうに生きているから、好きです、と言われたならそのとき、パラレルワールドにいる自分がそっと内側へと降りてくる。ひとはそうして子供のころの自分を、生まれる前の自分を、わずかに取り戻していくのかもしれない。すこしだけ、信じてもいいのだろうか、私の知らない私がいるということを、信じてもいいのだろうか。愛されるたびに世界が見えなくなる、視界がにごり、正しくすべてを認識することができなくなる、だだっ広くて、なにもかもがあり、そうしてすべてが自分に関係なく渦巻く禍々しい世界から、この霧が、守ってくれる。区切り、私の庭を、与えてくれる。

恐ろしいことだね、そうやって、自分をちっぽけにすることが、それでも救いとして私に、訪れるんだね。何を書いてもいつも、私の知らないことばかりだと感じる、知っていることなんて何一つないように、思えてならないし、私もまた、何も知らない人が書く言葉を、読み続けているように感じていた。それでも、その指先が時々、私の、私が知らなかった場所に、届いていたんだ。まるい、その感触を忘れられず、そこにあった見知らぬ臓器を、見知らぬ肌を、見知らぬ羽を、信じずにはいられなくなる。恐れながらもその瞬間を、私、愛していた。自分よりも誰かを信じたくなる瞬間を、愛していた。いつか、あなたにとってそんな言葉が書けたらと思う。私の上を流れる、言葉そのものがそう強く願っている。だからこれからも、私、書いていくよ。

初出

斜面の詩
- ネット

自分にご褒美
-『Hanako』No.1149

冬の濃霧
-「ルミネ」2017 クリスマスキャンペーン

星
-「ルミネ」2017 クリスマスキャンペーン

森の詩
-『本の窓』2016 年 12 月号で発表したものに加筆修正

生存戦略！

-『ユリイカ』2017 年 9 月臨時増刊号 総特集＝幾原邦彦（『輪るピングドラム』をテーマに）

16 度の詩
-『本の窓』2017 年 12 月号で発表したものに加筆修正・改題

クリスマスの詩
-「ルミネ」2017 クリスマスキャンペーン

#もしもSNSがなかったら
-「SNS展 #もしもSNSがなかったら」

13 歳
-『RiCE』No.7

蜘蛛の詩
-『本の窓』2018 年 2 月号

ハサミの詩
-『本の窓』2017 年 6 月号

クリーニング
-『本の窓』2017 年 6 月号

グッドナイト
-「ルミネ」2017 クリスマスキャンペーン

いい暮らし
-『本の窓』2017 年 9 ／ 10 月合併号

NO NAME
-『本の窓』2017 年 2 月号

波音の詩
-『本の窓』2018 年 5 月号

火の海
-『本の窓』2016 年 12 月号

雲の詩
『本の窓』2017 年 9 ／ 10 月合併号で発表したものを改題

かるたの詩
-『STUDIO VOICE』Vol.410 で発表したものに加筆修正・改題

重力の詩
-『本の窓』2017 年 1 月号

声
- ネット（2018.1.17）

椅子の詩
-『本の窓』2018年1月号

いただきます
-『現代詩手帖』2018年1月号

おやすみ
-『本の窓』2016年11月号で発表したものに加筆修正

花屋の詩
-『本の窓』2017年6月号

神隠し
-『本の窓』2018年6月号

一部始終を
-『本の窓』2018年7月号で発表したものに加筆修正・改題

旬の桃
-『フィガロジャポン』2018年7月号

夏至の詩
-ネット

星か獣
-『星か獣になる季節』（ちくま文庫／2018年）発売記念ノベルティ

新婚さんいらっしゃい
-『本の窓』2018年8月号

蜂の絶滅
-『本の窓』2017年7月号

穴の詩
-『本の窓』2018年2月号で発表したものに加筆修正

梅雨前線の詩
-ネット

フルカラー
-『IN THE CiTY』18号

七夕の詩
-ネット

二十歳
-ネット

１００歳
-ウェブマガジン『She is』

白の残滓
-ネット

えんそく
-『本の窓』2018年2月号で発表したものに加筆修正

8月31日の詩
-ネット

夏の深呼吸
-『MdN』2017年9月号

最果タヒ　さいはて たひ
詩人・小説家・エッセイスト。1986年、神戸生まれ。2007年、第一詩集『グッドモーニング』を刊行。同作で中原中也賞を受賞。以後の詩集に『空が分裂する』、『死んでしまう系のぼくらに』（現代詩花椿賞）、『夜空はいつでも最高密度の青色だ』、『愛の縫い目はここ』がある。2017年に刊行した『千年後の百人一首』（清川あさみとの共著）は、古典を詩の形で現代語訳した詩集ともいえる作品。小説作品に『星か獣になる季節』、『かわいいだけじゃない私たちの、かわいいだけの平凡。』、『渦森今日子は宇宙に期待しない。』、『少女ABCDEFGHIJKLMN』、『十代に共感する奴はみんな嘘つき』、エッセー集に『きみの言い訳は最高の芸術』、『もぐ∞』などがある。

天国《てんごく》と、とてつもない暇《ひま》
2018年10月1日　初版第1刷発行

著者：最果タヒ
ブックデザイン：佐々木 俊

発行者：岡 靖司
発行所　株式会社小学館
〒101-8001　東京都千代田区一ツ橋2-3-1
編集 /03-3230-5132　販売 /03-5281-3555

印刷所　図書印刷株式会社
製本所　株式会社若林製本工場

ISBN978-4-09-388644-4

編集　刈谷政則